LE

DIMANCHE

SATIRE

PAR

BATHILD M. BOUNIOL,

Auteur des *Orphelines*, des *Épîtres et Satires*, du *Soldat*, etc.

Je tâche...

PARIS

BRAY ET SAGNIER, LIBRAIRES-ÉDITEURS
Rue des Saints-Pères, 64.

CHARLES DOUNIOL, LIBRAIRE
29, rue de Tournon.

1853

LE
DIMANCHE

SATIRE

PAR

BATHILD M. BOUNIOL,

Auteur des Orphelines, des Épitres et Satires, du Soldat, etc.

Je tâche...

———— ❈ ————

PARIS

BRAY ET SAGNIER, LIBRAIRES-ÉDITEURS
Rue des Saints-Pères, 64.

CHARLES DOUNIOL, LIBRAIRE
29, rue de Tournon.

———

1853

❋

Je ne me dissimule pas les difficultés du grave sujet que, non sans témérité peut-être, j'ose aborder dans cette pièce. Je n'ai rien négligé, d'ailleurs, en n'épargnant ni mon temps ni ma peine, pour ne point paraître trop au-dessous de ma tâche. La conscience m'en faisait un devoir : je désire qu'on s'en aperçoive. Je serai trop récompensé de mes efforts, s'ils profitent en quelque chose à la cause sainte pour laquelle, depuis longues années, je suis heureux de me dévouer.

Le rôle du satirique chrétien est un beau rôle, mais

pour lequel la bonne volonté ne suffit pas. L'auteur le comprend. Puisse l'accueil du public lui permettre d'avoir quelque confiance dans la maturité de sa pensée unie à la conscience du travail.

6 juin 1853.

LE DIMANCHE

SATIRE

I.

Je disais, m'exaltant dans ma sainte colère :
« Ces excès lasseront le ciel qui nous tolère ;
Ah ! poète, du moins proteste hautement,
Fais éclater ton vers comme un rugissement.

« Quoi ! toujours on s'attriste à ce scandale immense,
Cause de tous nos maux, sans doute, pauvre France ?

Après tant de leçons n'aura-t-on rien appris ?
Soit lâche indifférence, ou stupide mépris,
Si souvent réveillé par le bras qui foudroie,
Ce peuple encor paraît obstiné dans sa voie.
Voyez pourtant ailleurs, passez les océans :
Par tous pays, et même en pays protestants,
Le respect de chacun, plus que la loi, proclame
Le repos du Seigneur et la fête de l'âme.
Là même où, sévissant, la fièvre du travail
Fait haleter partout l'homme comme un bétail,
Dans cette vaste usine ayant nom l'Angleterre,
Le Dimanche affranchit toujours le prolétaire,
Et l'ordre qui prescrit le repos solennel
Ne rencontre pas même un obscur criminel.
Aussi bien que Madrid, la cité catholique,
L'hérétique Stockholm, Moscou la schismatique,
La Rome de Calvin, si chère aux indévots,
New-York, dont les marchands, formidables rivaux,
Menacent de John Bull le hautain monopole :
Tant de peuples divers, de l'un à l'autre pôle,
Tous, plus chrétiens que nous leurs aînés dans la foi,
Montrent qu'ils ont gardé souvenir de la loi.

Tant d'âpres concurrents, dont fortune est le rêve,
Un jour sur sept pourtant sont heureux d'une trève,
Sans crainte d'avouer, noble et sincère aveu !
Que pour eux cette trève est la trève de Dieu.
Que dis-je? en remontant le cours lointain des âges,
Chez les peuples vieillis ou les hordes sauvages,
Partout le voyageur, dit-on, a retrouvé
Et l'antique semaine et le jour réservé ;
En tout temps, en tout lieu, chez toute race humaine,
Apparaît la loi sainte, auguste phénomène,
Comme un dernier débris de la tradition,
Vestige ou monument de la création.

« La France, presque seule, au mépris de sa gloire,
Semble du culte ancien perdre toute mémoire.
De notre indifférence à voir l'entêtement,
Ce peuple tout entier qui vit brutalement,
Sans souci d'attester sa croyance indécise,
Reniant à la fois Jésus-Christ et Moïse ;
Chez nous, du plus grand nombre à voir l'insigne oubli,
L'athéisme en pratique et Dieu comme aboli,
Ah ! je comprends l'Arabe et son cri de colère.

Raillé par ce colon qu'étonnait sa prière,

« *Roumiaken*[1], dit-il sur la natte dressé.

— Pourquoi m'appeler chien? reprend l'autre offensé.

— Pourquoi? C'est que, pareil à la stupide bête,

« Jamais devant Allah tu n'inclines la tête ;

« Et sans religion, me diras-tu, chrétien,

« Quelle est la différence entre l'homme et son chien ? »

« Or, du fils d'Ismaël la sévère parole

Par malheur cependant n'était point hyperbole.

Comment, le rouge au front, nier la vérité

Et les excès flagrants de notre impiété?

Les saintes lois du Christ, depuis longues années,

Les voit-on pas, ô honte! en tous lieux profanées?

Combien font leur devoir en vrais honnêtes gens

Parmi les apostats, sont chrétiens diligens?

Par hasard, dans l'église entrés non sans grimace,

Combien n'y semblent pas à Dieu faire une grâce?

Daignent prier encor, daignent se souvenir

De ce jour qu'entre tous Dieu se plut à bénir?

[1] *Chien de chrétien*, m'a-t-il dit, dans la langue triviale.

Oh ! qui donc brisera le joug de l'habitude,
Finira de Juda la longue servitude?
Qui donc affranchira l'âme , qu'en ce moment
L'esclavage du corps écrase aveuglément ?

« Car, hélas ! regardez : dimanches comme fêtes,
L'abrutissant labeur partout courbe les têtes.
Dans les jours les plus saints , Noël, l'Assomption ,
Toujours pour le travail même obstination !
Partout l'affront public, ô mon Dieu, vous outrage :
On aperçoit partout les maçons à l'ouvrage ,
Hâlés par le soleil , blancs de plâtre et de chaux ,
Grimpant et descendant le long des échafauds ,
Active fourmilière ; ailleurs , près des fournaises .
Les forgerons tout noirs halettent sur les braises :
Plus loin, nous entendons résonner les merlins ;
Partout chantiers ouverts et grands ateliers pleins.
C'est le maître , dit-on , qui de son droit abuse.
— Soit ! mais bien rarement l'ouvrier s'y refuse,
Et sans avoir toujours l'excuse de la faim,
Même alors qu'au logis nul ne manque de pain,
Et qu'un labeur fécond, grâce à la Providence,

Dans l'heureuse famille amène l'abondance.

« Si le maître est mauvais, le simple travailleur,
Imitant son patron, ne semble pas meilleur.
Ne flattons pas le peuple ; une amitié sincère
A droit de lui parler un langage sévère ;
Laissons les compliments aux faiseurs de chansons.
Le peuple manque-t-il de pieuses leçons ?
Enfant, n'a-t-il pas eu les conseils du bon prêtre
Et du frère chrétien qui fut si zélé maître ?
Mais, dans cet étouffoir qu'on nomme l'atelier,
Malheureux ! comme il fut prompt à tout oublier !
Et maintenant, pareil à la bête de somme,
Il ne voit que le gain et le boire et le somme.
Sait-il que c'est dimanche, encor que dans les airs
Le joyeux carillon épanche ses concerts ?
Souvent il rit de ceux qui s'en vont à l'église,
Et, la pipe à la bouche, avec la blouse grise,
Narguant le sacristain par un brutal juron,
Il court, serf du travail, où l'attend son patron.
Mais demain l'atelier comptera plus d'un vide,
Et peut-être aura l'air d'une autre Thébaïde.

Demain ce travailleur, de bonne heure étourdi ,
La bouteille à la main, fêtera saint Lundi.
Jusqu'au soir on verra, sous la vitre aux jours ternes,
Les buveurs s'attabler dans le fond des tavernes ,
Et plus d'un , regagnant son logis d'un pas lourd ,
Heurter la porte ouverte et frapper comme un sourd.
Gare alors, dans le vin s'il est mauvaise tête !
La femme et les enfants jeûnent pendant qu'il fête.
Et quand le soir il rentre , absurde en son courroux ,
S'ils pleurent affamés , sur eux pleuvent les coups.
Mieux vaut pour tous les siens quand il reste en arrière,
Cuvant sur un fumier le vin de la barrière ,
Au milieu des débris de verre et de goulots.
Mais détournons les yeux de ces hideux tableaux.

« Qu'on regrette ces temps, merveille d'un autre âge,
Où pour tous c'était fête , à la ville , au village.
Alors , dès qu'avait lui le Dimanche attendu ,
Chacun , s'applaudissant du travail suspendu ,
Joyeusement laissait l'arrosoir ou la bêche ,
Ou le pic ravageur enfoncé dans la brèche ,
La scie et le rabot : chacun , avec bonheur ,

De ses plus beaux habits voulant se faire honneur,

Dépouillait le sarreau, la jupe sans corsage,

Pour la panne d'Elbeuf et la robe à ramage ;

Et la foule partout s'empressait au saint lieu

Pour chômer dignement le grand jour du bon Dieu.

C'était plaisir de voir les heureuses familles,

Femmes, enfants, époux, jeunes gens, jeunes filles,

Et les aïeuls tout blancs, à l'air robuste et sain,

Au premier son de cloche. ainsi que fait l'essaim,

Bourdonner sous le porche et se hâter bien vite,

De crainte qu'à l'autel ne montât le lévite.

Puis tous ils inclinaient, dans une humble ferveur,

Leur front humilié sous l'ombre du Seigneur.

Au retour, se prêtant à leurs gaîtés naïves,

La table généreuse attendait les convives,

Les hôtes fraternels, les visiteurs bénis,

Parents, amis, joyeux de se voir réunis

Et parés à l'envi de la serviette blanche.

Le pauvre avait sa part, la première et bien franche.

On pensait au malade, à l'orphelin d'hier,

Pour lequel on devait filer pendant l'hiver.

Le soir, après l'office et les avis du prêtre,

La jeunesse courait à quelque jeu champêtre ;
On faisait vibrer l'arc, et pour le seul honneur
Les fiers rivaux luttaient d'adresse et de vigueur ,
Tandis que les vieillards , inclinés sur la boule ,
Suivaient , l'œil attentif , la pente qui la roule ;
Ou bien ils s'admiraient heureux dans leurs enfants,
Quand, se donnant la main, émus et souriants ,
Passaient les fiancés, bénis par deux familles ;
En causant de la noce , on oubliait les quilles.
Tous enfin ils avaient pour huit jours de bonheur ,
Grâce à ces plaisirs purs , aussi purs que le cœur.

« Mais aujourd'hui plus rien, du moins pour le grand nombre !
Aussi dans nos cités, dont redoutable est l'ombre ,
Et d'où souffle à toute heure un air empoisonné ,
Par les bourgeois, hélas ! quel exemple est donné ?
Employés et commis, loin d'avoir du relâche ,
Souvent dans le saint jour verront doubler leur tâche,
Au sordide comptoir rivés par l'intérêt ,
Qui les tient à la chaîne et les lâche à regret.
Le Dimanche partout on ouvre la boutique,
Tendant son trébuchet et guettant la pratique.

Voyez à chaque pas, chaussetiers et tailleurs,
Lingères, bonnetiers, papetiers, relieurs,
Et ceux qu'à peu de frais orne la serpillère,
Attendent le chaland, ainsi que le notaire :
Le notaire ! faut-il à ce point déroger ?
Passe pour le fruitier, pâtissier, boulanger !
La nouveauté riante en fredonnant étale ;
De la mode, plus loin, se montre la vestale ;
Et l'exact horloger, comme le tapissier,
Craint de fermer un jour sa porte au créancier.

« Pourtant je serai juste en ma satire franche ;
Parfois, après la messe, on ferme le Dimanche ;
Pour le sanctifier ? Vous riez, ces gens-là
N'ont point de tels soucis ; mais on est d'un gala.
Ou, son épouse au bras, quelque melon de l'autre,
On va voir les jardins dessinés par Lenôtre,
Ou, plus joyeusement, dans le parc de Meudon,
Déguster en famille un succulent dindon.
Si d'aventure il pleut, on revient de bonne heure,
Et l'on court, en laissant chez soi l'enfant qui pleure,
Contempler au théâtre, honnête mauvais lieu,

De cyniques bouffons se livrant à leur jeu,

A leurs grossiers bons mots applaudir en compère,

Rire du vaudeville épicé d'adultère ,

Ou , préférant le drame et, tout à ses horreurs ,

D'un scélerat charmant larmoyer les malheurs ;

Puis on rentre dormir , ravi de sa journée.

— Sans prier? — Ma lectrice en est-elle étonnée ?

O scrupule naïf d'un cœur novice encor !

Là, saurait-on prier si ce n'est le veau d'or ?

Le temps manque d'ailleurs à monsieur ou madame

Pour songer un instant aux besoins de son âme.

Bah ! son âme, y croit-on, et qu'éternellement

L'attend la récompense ou bien le châtiment ?

Le pauvre nègre au moins adore les fétiches,

Et voit encore un Dieu sous ces grossiers pastiches ;

Ce simulacre abject, dans sa stupidité ,

Trahit pourtant l'instinct de la Divinité.

Mais tous nos fiers bourgeois , dans leur ingratitude ,

S'épatent lourdement avec béatitude ;

Ils n'ont pas un élan qui du cœur monte au ciel,

Pas un seul grain d'encens pour l'ombre d'un autel.

« Eh ! pourquoi dans mes vers tancer de préférence

Du peuple et des bourgeois l'inepte indifférence ?

Car trop souvent, hélas ! l'exemple scandaleux,

Qui devient leur excuse, éclate au-dessus d'eux.

Parmi tous ces élus qui sont les fortes têtes

Pour la foule éblouie, artistes et poètes,

Guerriers, juges, savants, avocats ou docteurs,

Combien de renégats et de profanateurs?

Combien dont l'œil grossier ne voit que la matière,

S'en vont stupidement la face contre terre,

Et quand la voix d'en haut leur crie : Éternité !

Hurlent en furieux : L'or ou la volupté !

Des heureux d'ici-bas combien, prenant à gauche,

Oublieux de la mort qui passe et toujours fauche,

Marchent comme à tâtons, ivres ou somnolents,

Et se réveilleront dans les gouffres brûlants !

Si parmi les bourgeois il est maint incrédule,

Si parmi les marchands qui dorent la pilule

On suit trop volontiers les immondes courants,

Le virus sacrilége infecte tous les rangs,

Et l'on voit le marquis, comme le prolétaire,

Noyé dans les crachats de Proudhon et Voltaire ;

Imbéciles troupeaux que rien ne peut sortir
De cette lourde ivresse, et qui vont s'engloutir,
Sans cesse foudroyés par des coups anonymes,
Dans la fosse béante et plongeant aux abîmes !
Avec l'œil du mépris vous regardez les cieux,
Des seuls bien passagers ardemment soucieux,
Fils d'Epicure, ô vous que la démence envie,
Ne songeant qu'à cueillir les roses de la vie ;
Et vous, sages du temps, qui, vaguant dans la nuit,
Prétendez qu'au néant le hasard vous conduit !
Vous dont l'or ou la fange est la suprême idole,
Et vous à qui la gloire a fait une auréole,
Qui, si fiers et dressés sur votre piédestal,
Vous croyez les seuls dieux dans votre orgueil brutal !
Tout-puissants de ce monde, illustres par le glaive,
La plume ou le pinceau, bercez-vous dans le rêve !
Mais prenez garde aussi : le grand juge est là-bas ;
Et qui peut l'arrêter quand il étend son bras ?
Prenez garde, insensés, tôt ou tard Dieu se venge,
Et le vent du désert est moins prompt que son ange,
Quand, lassé de clémence, aux messagers ailés,
Invisibles bourreaux, il dit enfin : *Allez !...*

« Les avertissements, répétés, effroyables,

Pourtant ne manquent pas de nos jours aux coupables.

Croit-on que sans motif la divine colère

Par d'inconnus fléaux attriste l'atmosphère,

Des saisons trouble l'ordre, à notre œil dérouté

Montre en janvier des fleurs et la glace en été?

Ou mêlant des venins à la sève engourdie,

Pour tuer par le froid et par la maladie

La plante nourricière et le raisin doré,

Nous rende amer le fruit naguère savouré?

Loin d'accuser bien haut, dans sa plainte hypocrite,

La misère des temps, si la vigne est maudite

Et ne sait plus mûrir, si le germe impuissant,

Dans le sol enfoui, s'étiole en naissant,

Il faudrait reconnaître, à ces signes funestes,

Les présages certains des colères célestes.

Pourquoi les choléras, les révolutions,

Sinistres alliés, guettant les nations,

Et venant tour-à-tour dévaster un empire,

Sans cesse menacé par l'hydre ou le vampire?

N'est-ce pas que le cri de notre iniquité,

Appelant la justice, est jusqu'aux cieux monté?

Quand le vice triomphe et que l'erreur déborde,
Dieu, pour nous prévenir, dans sa miséricorde.
Frappe de ces grands coups, espérant que l'effroi
Réveillera l'amour en ravivant la foi.
Mais quelques-uns à peine, hélas ! semblent comprendre,
Souillant leurs vêtements et leur front dans la cendre,
Et l'immense troupeau, qui s'effraie un moment,
Se remet à brouter bientôt tranquillement.
Ah ! si Dieu, par pitié nous donnant une trève,
Dans le fourreau consent à retenir son glaive,
Croyez-vous donc que, faible, il pardonne toujours,
Quand la menace enfin ne parle qu'à des sourds ?
Non, vous l'oubliez trop, hébétés de démence,
Sa justice infinie égale sa clémence,
Et s'il est patient, dans son éternité,
Peut-il encourager par trop d'impunité ?
Ne pensez pas de lui que toujours on se raille,
Et contre vous chétifs qu'il craigne la bataille.
Pauvres nains, il veut bien pour un temps, roi des rois,
Permettre librement qu'on insulte à ses droits ;
Mais quand, vainqueur terrible, il saisira ses armes,
Alors vous vous tordrez dans l'angoisse et les larmes.

Idiots, ce sommeil, accablante torpeur.
Ne devra-t-il céder pour vous tous qu'à la peur?
Pour arracher la foule à cette léthargie,
Qu'interrompt par instant la fièvre de l'orgie,
Faudra-t-il, vous donnant de suprêmes frissons,
Que la foudre à la fin se charge des leçons?
Pour vous ouvrir les yeux et vous frapper l'oreille,
Qu'un bruit de cataracte en sursaut vous réveille?
Et que, sur la muraille, un jour, le doigt de Dieu
Montre partout l'arrêt écrit en traits de feu? »

II.

Ainsi prophétisant un destin formidable,
Je laissais déborder mon courroux implacable,
Et, ne pouvant porter plus longtemps ma douleur,
Dans ces vers enflammés, j'épanchais tout mon cœur.

Un sage me répond : « Un cœur chaud se révèle,
Jeune homme ardent, toujours dans les excès du zèle ;
Mais faut-il, emporté d'un fougueux désespoir,
Pessimiste imprudent, voir ainsi tout en noir ?
Eh quoi ! de temps meilleurs succédant aux orages
Crains-tu de saluer les consolants présages ?
Partout nous rit l'espoir après les jours d'effroi,

Et dans les cœurs émus se réveille la foi.

Dans la route du bien un pouvoir tutélaire

S'efforce à ramener le courant populaire,

Car il sait où sans Dieu va la société,

Et qu'on ne fonde rien avec l'impiété.

Au midi comme au nord, déjà plus d'une ville

Ne veut plus braver Dieu par le labeur servile.

Des marchands, les premiers, honneur, honneur à eux !

Par un concert soudain et d'autant plus heureux,

S'empressent à signer le pacte volontaire

Qui va pour le pays dater toute une autre ère,

Et, d'un servage abject vengeant l'humanité,

A l'âme doit enfin rendre sa liberté.

Courage, hommes d'élan ! le monde vous contemple :

A l'univers chrétien donnons ce grand exemple

De tout un peuple à Dieu revenu noblement

Par l'amour du devoir, non par le châtiment.

Montrons-nous par la foi, comme par le courage.

Nous les fils des Croisés, dignes de l'héritage,

Et prompts à nous armer pour l'honneur du saint lieu,

Dignes d'être appelés les champions de Dieu.

D'une époque féconde en merveilleux spectacles.

Tout aujourd'hui nous semble annoncer les miracles :
Nous tressaillons peut-être aux premières lueurs
Des temps qu'ont annoncés nos illustres penseurs.
Quoi que tout bas encor disent les faux prophètes,
C'est l'heure pour le Christ de nouvelles conquêtes.
Les peuples trop longtemps ont marché dans la nuit
Vers le terme fatal où l'erreur les conduit ;
Dociles trop longtemps, dans le schisme et le doute,
Sous d'aveugles pasteurs, ils ont suivi leur route ;
Dieu les rappelle à lui ; ces grands ébranlements
D'un sublime avenir jettent les fondements
Peut-être ; et dans le choc d'un vaste pêle-mêle,
Quand la lutte est partout terrible et solennelle,
Dieu, qui tient en ses mains les grands et les petits,
Qui se joue à son gré des chefs et des partis,
Et fait son instrument de l'obstacle lui-même,
Prépare à son Eglise un triomphe suprême.
D'un air suave et frais, tout embaumé d'encens,
On respire déjà les parfums caressants ;
Et je ne sais quel souffle, inconnu de la terre,
Succède au vent brûlant d'une aride atmosphère.
Tel que l'astre au matin rayonne sur l'azur,

Je vois à l'horizon briller un ciel plus pur :
Aube riante à l'œil et caressante aurore
Du jour éblouissant qui semble près d'éclore,
Où les peuples chrétiens, sûrs de la vérité,
Se fondront à l'envi dans l'immense unité.
Bientôt peut-être enfin, vaincus par la lumière
Et confessant la foi du successeur de Pierre,
Tous à Rome viendront pour se donner la main,
A Rome dont la France a rouvert le chemin.

« Noble France, toujours illustrant sa cocarde,
L'heure du dévoûment la trouve à l'avant-garde ;
Même quand ses écarts nous font baisser les yeux,
On peut croire à son cœur ardent et chaleureux.
La France est un soldat à l'humeur inquiète,
Indomptable parfois, emporté par la tête.
Mais qu'on voit le premier s'élancer au fusil
Pour défendre ses chefs et l'État en péril.
Souvent à son allure on le croirait sceptique ;
Mais que la vieille foi, que la foi catholique
Sollicite son zèle en un danger pressant,
Il est heureux et fier de lui donner son sang.

Oui ce peuple vaillant et parfois téméraire
Reste toujours bon fils pour l'Église, sa mère.
En vain les ennemis, contre elle conjurés,
Auront séduit d'abord des enfants égarés,
Leur règne sera court! Leur triomphe exécrable
N'a pas de lendemain : la foi seule est durable.
En vain l'impiété sème en paix ses erreurs,
Et, reine, le succès couronne ses fureurs ;
Tout paraît s'abîmer dans un vaste naufrage...
Au milieu des débris la vérité surnage.
L'indestructible foi, se jouant des vainqueurs,
Pousse des rejetons au plus profond des cœurs ;
Sur la ruine même on rebâtit la chaire
Où tonnent Frayssinous, Ravignan, Lacordaire,
Et la foule après eux redit : « Dieu seul est grand ! »
Voyant qu'avec l'orage a passé le torrent.
Autour de nous tout change, et le vent politique
Ne laisse rien germer sur ce sol volcanique.
Notre pauvre patrie, en proie aux factions,
Voit, même au lendemain des révolutions,
Des esprits inquiets qui regrettent la guerre,
Prêts à troubler la paix, hélas ! toujours précaire,

Et les partis rivaux , un moment effrayés ,

Ardents à relever leurs drapeaux foudroyés.

Quand tous devraient s'unir comme un peuple de frères,

Trop souvent nous voyons , farouches adversaires ,

Obstinés , acharnés à des buts différents ,

S'attaquer les amis ou les proches parents.

Eh bien ! dans le cahot de ces chocs frénétiques,

Broyant comme à l'envi royautés , républiques ,

Qui ne font que passer , fantômes décevants ,

La Croix se tient debout sur les sables mouvants.

Les augustes pouvoirs que sous la terre on mine

Et qui semblent bientôt pencher vers la ruine ,

L'un sur l'autre croulant , tombent avec fracas :

Invincible, la foi seule ne périt pas ,

Et soutient même et rend , seule encor , ferme et stable

Tout ce qui cherche appui sur sa base immuable.

« O sainte Église ! oui , la France est ton rempart

Entre les nations , et ton porte-étendard.

Les aînés de tes fils ne sont pas les moins graves

Sous ces dehors légers , et surtout les moins braves.

Ils l'avaient bien compris , tant d'ennemis fougueux

Qui, voulant t'arracher ce peuple généreux,

Ont brisé follement leur poignard ou leur plume

Sur le socle d'airain de la divine enclume.

Comme le vieux maudit, ils se raillaient de Dieu,

Et disaient : « Dans vingt ans le Christ aura beau jeu !

« Les idoles s'en vont. Périssable et mortelle,

« La Croix ne tient à rien, et, vain débris, chancelle.

« Où donc est Jéhovah ? » rugissaient-ils en chœur ;

« La France ne croit plus et Satan est vainqueur.

« Hosanna pour l'enfer ! la partie est gagnée ! »

Ils disaient, pauvres fous ! et la France indignée

Se redresse aussitôt à ce bruit insolent

Pour leur donner à tous un démenti sanglant.

Devant la papauté qui s'exile de Rome

La France, se levant soudain comme un seul homme,

Chrétienne tout entière, a ressenti l'affront !

Ah ! cette fois encor, déçus, baissez le front,

Philosophes hautains, qui pensiez dans l'histoire

Enregistrer enfin la suprême victoire ;

Du vieux Catholicisme, avec trop de transport,

Vous faisiez l'épitaphe avec l'arrêt de mort.

La France d'aujourd'hui, que son bon sens éclaire,

Ce n'est plus, grâce au ciel, la France de Voltaire !
Pour un instant peut-être on a pu l'étourdir ;
Mais l'opium vieilli ne fait que l'engourdir.
Du repos de la mort on croit qu'elle sommeille :
Et soudain la voilà qui joyeuse s'éveille ,
Et bat des mains alors que, dans les jours de deuil ,
Comme un phare la Croix apparaît sur l'écueil ;
Ou que, se dégageant du milieu des nuages ,
Quand un souffle puissant a chassé les orages ,
Sur notre ciel, ainsi que sur le ciel latin ,
Triomphant, resplendit l'astre de Constantin. »

Paris. — Impr. Lacour et C , rue Soufflot, 16.

DU MÊME AUTEUR :

Les Orphhelines, in-8º (épuisé).
Épîtres et Satires, in-8º. — 2 fr. 50 c. (presque épuisé).
Le Soldat, 2e édition. — 50 centimes.

EN PRÉPARATION OU TERMINÉS :

Un volume de Satires.

Les Loisirs d'un Artisan.

Fantaisies d'un Amateur.

Paris. — Impr. Lacour et C·, rue Soufflot, 16.